Dirección Editorial: **Raquel López Varela**
Coordinación Editorial: **Ana María García Alonso**
Maquetación: **Cristina A. Rejas Manzanera**
Diseño de cubierta: **Óscar Carballo Vales**

Carretera León-La Coruña, km 5
ISBN: 978-84-241-7074-5
Depósito legal: LE. 1239-2009
Printed in Spain - Impreso en España
EDITORIAL EVERGRÁFICAS, S. L.
Carretera León-La Coruña, km 5
LEÓN (España)
Atención al cliente: 902 123 400
www.everest.es

había otra vez...

Pinocho no era el mentiroso

Yanitzia Canetti

ilustrado por Carles Arbat

everest

Érase una vez un niño
que se hizo muy famoso
porque era de madera,
pero además, mentiroso.

Sin embargo, yo les digo
que siempre en todos los cuentos
hay un poco de verdad
y también algo de invento.

De modo que contaré
–y créanme, no es antojo–
quién fue quien dijo mentira.
¡Lo vi con mis propios ojos!

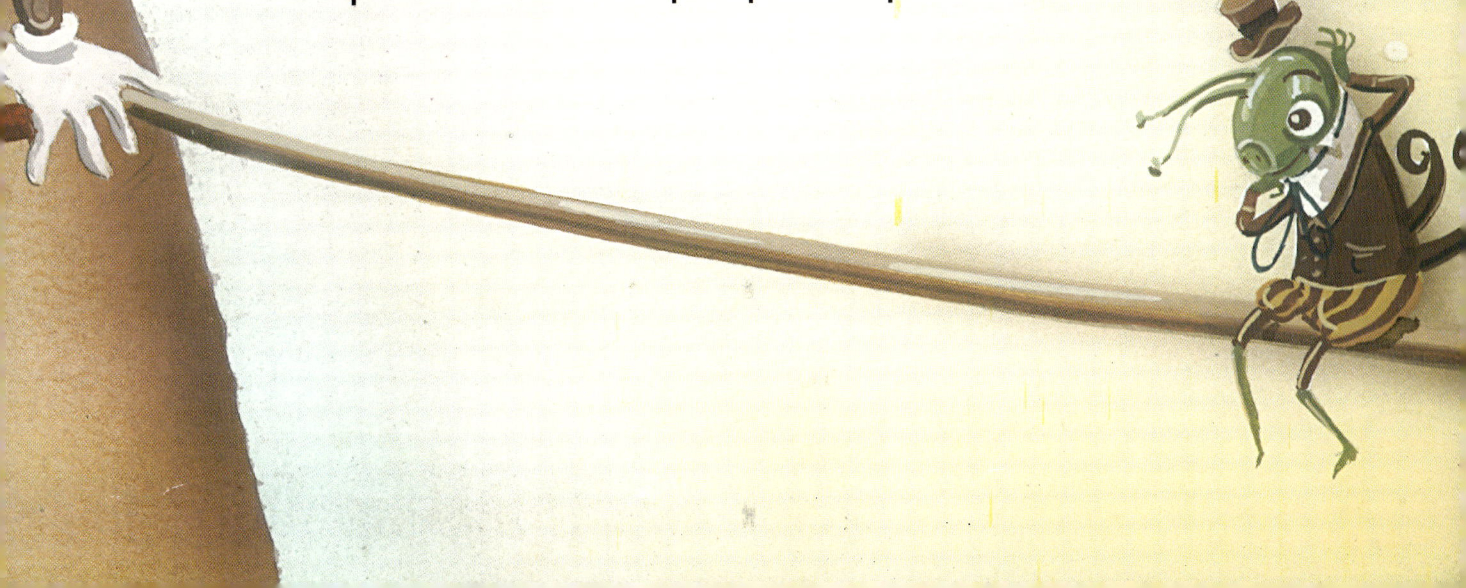

Es cierto que había un viejito
que se llamaba Gepetto
que quería tener un niño
porque no tenía nietos.

Y fue tanto su deseo
que un día, desde una estrella,
bajó una luz a su cuarto,
y apareció un hada bella.

—Te concedo tu deseo
—le dijo ella con bondad—.
Pero debes prometerme
que hablarás con la verdad.
De lo contrario, Gepetto,
¡tus orejas crecerán!

No era un niño de madera:
le latía el corazón.
Pero tenía un problema,
era un niño preguntón.

El pequeñito, enseguida,
quiso salir a jugar.
Pero Gepetto le dijo
que se debía acostar.

—¿Y por qué, Abuelo?
—empezó a preguntar.

Y el anciano no supo,
de pronto, qué contestar:
—Porque allá afuera, Pinocho,
en la inmensa oscuridad,
hay un monstruo tenebroso
que te puede devorar.
Tiene colmillos filosos
y una gran ferocidad.
Horrible monstruo, te juro
que te digo la verdad.

Pinocho cerró los ojos
y la cara se cubrió.
Sintió miedo con el cuento
que su abuelo le contó.
Y durante toda la noche
muy asustado se quedó.

Amaneció en la ciudad.
¡Qué día tan bello y claro!
Pero a decir la verdad...
Pinocho notó algo raro.

—¿Qué te pasó, Abuelito?
Ya no te sirve el gorrito.
Yo creo que las orejas
te han crecido un poquito.

—Es que por la noche, niño,
me picaron los mosquitos
—volvió a mentir el abuelo
al curioso nietecito.

Pinocho se fue a la escuela
con sus libros y un tomate.
Un chico le salió al paso
diciendo mil disparates.

—Compra caramelos, ¡compra!
—le decía aquel vendedor—.
Siempre vendo en esta esquina,
sólo vendo lo mejor.

—La escuela es muy aburrida
—insistía el embustero—.
Mejor vende alguna cosa.
Ganarás mucho dinero.

Pero por suerte, Pinocho
no le hizo ningún caso.
Le dijo: —No, muchas gracias.
Y lo apartó de su paso.

Sin embargo, a Pinocho
le llamó la atención
que al vendedor le crecieran
par de orejas de ratón.

La maestra Adelita
les dio la bienvenida,
y comenzó la clase
de forma divertida.

—¿Cuánto es uno más uno?
Los chicos gritaron: —¡Dos!
Más tarde contaron juntos
muchos granitos de arroz.

Pero en medio de la clase,
ay, la maestra Adelita,
con tal de hacerlos reír,
les dijo una mentirita.

Nadie se acuerda qué dijo,
pero en su cabello oscuro
lentamente se asomaron
dos orejas de canguro.

Pinocho estaba curioso
y fruncía sus dos cejas
al ver que a muchos niños
les crecían las orejas.

Al salir de la escuela,
un amable señor
de traje y corbata
le dio un televisor.

—Es un premio —le dijo—
por buen comportamiento.
Puedes llevarlo a casa,
de verdad, yo no miento.

Y apenas dijo esto
el señor elegante,
algo cubrió su frente:
¡orejas de elefante!

Pinocho llegó a casa
con su enorme regalo,
y Gepetto creyó
que su niño era malo.

Se fue a la policía
realmente preocupado.
Y allí les dijo a todos
que el niño había robado.

Todos los policías
se quedaron perplejos,
pues Gepetto tenía
orejas de conejo.

Enseguida Gepetto
notó que era un error
y cargó nuevamente
con el televisor.

—Oh, Pinocho, disculpa,
fue un gran malentendido.
Y acarició a su nieto
bastante arrepentido.

—Pero igual, niño mío,
ya quedas advertido.
Nunca aceptes regalos
de un desconocido.

Pinocho se puso a ver
un programa de la tele
donde salía un señor
llamado Paco Pelele.
Y este señor…
¿no era el mismo
que le dio el televisor?
Claro que sí, en la solapa
llevaba la misma flor.
Pero, ¡menudas orejas!
Su tamaño era mayor.

—El que diga más mentiras
ganará un viaje a París
y además, como regalo,
tendrá esta linda nariz:
una nariz de Pinocho
más larga que una lombriz,
y también este bizcocho
para que engorde feliz.

Luego don Paco Pelele
anunció en un comercial
que compraran un producto
cien por ciento natural.

Y gritaba aquel tontuelo:
—¡Mi nariz nunca se estira
porque yo soy muy sincero,
nunca he dicho una mentira!

Mientras esto repetía
–así fueron los hechos–,
¡las orejas le crecían
hasta salir por el techo!

Se armó tal confusión
con tantos orejones,
que debieron suspender
toditas las transmisiones.

Gepetto salió a la calle.
Se llevó tremendo susto,
y les contaré en detalle
el porqué de su disgusto.
Las personas presumían,
en vez de un lindo sombrero,
de un par de orejas de burro,
de liebres, osos, carneros.

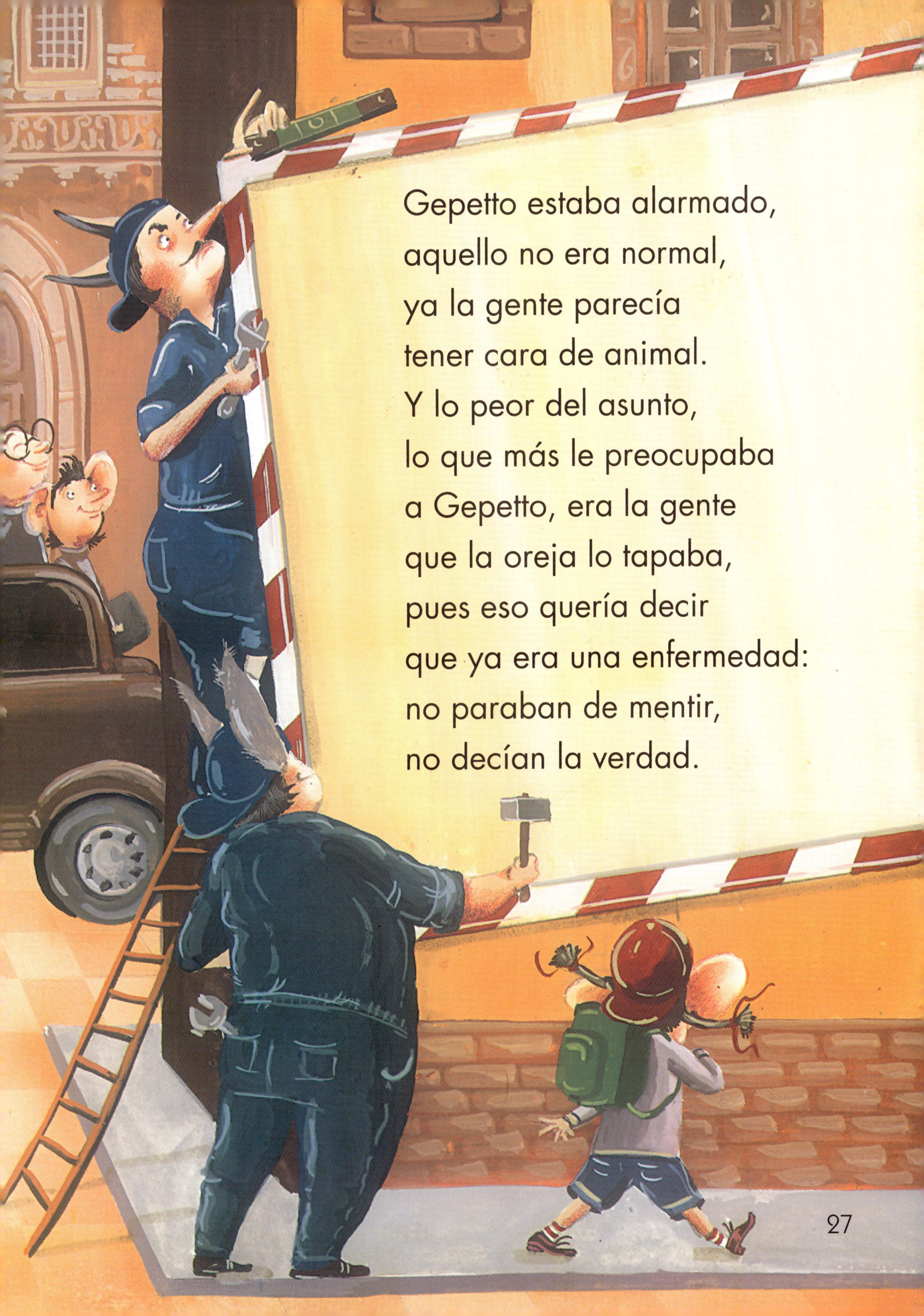

Gepetto estaba alarmado,
aquello no era normal,
ya la gente parecía
tener cara de animal.
Y lo peor del asunto,
lo que más le preocupaba
a Gepetto, era la gente
que la oreja lo tapaba,
pues eso quería decir
que ya era una enfermedad:
no paraban de mentir,
no decían la verdad.

Durante la cena, esa noche
nuestro querido Gepetto
dijo toda la verdad
y contó su gran secreto:
—Decir mentiras, Pinocho,
fue una falta de respeto.

Luego pidió una disculpa
y abrazó fuerte a su nieto.

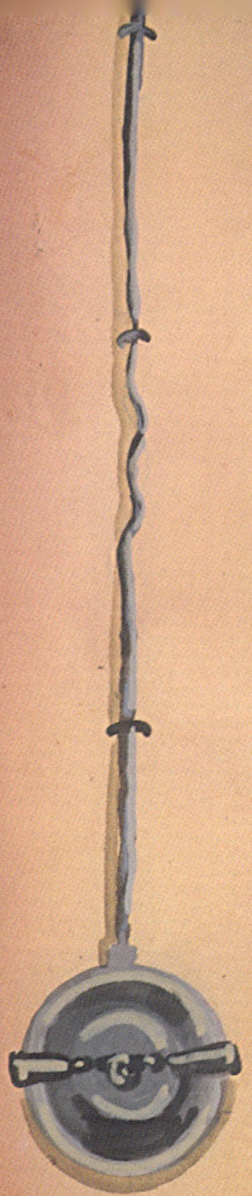

—Por eso a partir de ahora,
niño mío, te prometo,
decir siempre la verdad:
para mí será un gran reto.
Pero a ti te felicito
por ser bueno y estudioso
y porque no eres un niño
majadero y mentiroso.

Se abrazaron felizmente,
y aunque les parezca extraño,
las orejas del abuelo
recobraron su tamaño.

Al día siguiente, Pinocho
vio que algo sucedía:
al vendedor de la esquina
¡lo atrapó la policía!

—No fui yo, yo no robé
—aquel chico repetía.
Pero había mentido tanto
que ya nadie le creía.

Este cuento, les confieso,
es pura imaginación;
mas como todo en la vida,
nos enseñó una lección.

Si tú dices mentiras,
ya sabes la moraleja:
no te crece la nariz
ni tampoco las orejas,
pero no tendrás amigos
ni nadie que te proteja.
Y hasta puede que termines
triste, detrás de la reja.